PROMENADE HISTORIQUE

A

SAINT-MÉDARD

DE

SOISSONS

INSTITUTION DES SOURDS-MUETS ET DES JEUNES AVEUGLES

PAR

L'Abbé POQUET

REIMS

IMPRIMERIE ET LITHOGRAPHIE MATOT-BRAINE

Rue du Cadran-Saint-Pierre, 6

—

1880

PROMENADE HISTORIQUE

A

SAINT-MÉDARD

DE

SOISSONS

INSTITUTION DES SOURDS-MUETS ET DES JEUNES AVEUGLES

PAR

L'Abbé POQUET

REIMS

IMPRIMERIE ET LITHOGRAPHIE MATOT-BRAINE

Rue du Cadran-Saint-Pierre, 6

—

1880

PROMENADE HISTORIQUE

A

SAINT–MÉDARD DE SOISSONS

§ Ier

SOISSONS, SON HISTOIRE, SES MONUMENTS

Soissons n'est pas seulement une ville pittoresque qui charme les regards par sa riante position dans une délicieuse vallée, encadrée de collines onduleuses entre lesquelles coule à pleins bords une magnifique rivière donnant de la fraîcheur au paysage et de l'animation au commerce ; c'est encore une ville antique dont les origines lointaines se perdent, comme celle de son fleuve, dans la nuit des temps. Mais Soissons est de plus une ville célèbre par son histoire et ses monuments.

Une contrée placée dans des conditions aussi avantageuses sous le rapport du climat, des productions et des ressources de tout genre, dut naturellement attirer de bonne heure sur les rives verdoyantes et fertiles de l'Axone quelques-unes de ces tribus errantes en Gaule qui finirent par en prendre le nom à la suite d'un long séjour, nom que nous retrouvons, quoique altéré et même un peu défiguré, dans celui des Suessons, qui nous paraît en dériver. Aussi voyons-nous, dès l'époque la plus reculée de notre histoire, et bien avant l'ère chrétienne, les habitants du pays soissonnais déjà en possession d'un vaste et riche territoire, défendu par douze oppides dont la principale s'appelait *Noviodunum Suessionum*. Aussitôt la conquête romaine, qui nivela tout en Gaule, *Noviodunum* échangea, sans doute malgré lui, l'indépendance de son nom primitif contre celui d'*Augusta Suessionum*, en signe de la servitude que lui apportaient les Césars.

Sous cette nouvelle domination, dont elle subit le joug pendant cinq siècles, la cité soissonnaise se vit environnée de solides remparts formant une enceinte carrée; elle fut enrichie de théâtres, de palais dont on a retrouvé les traces et les substructions dans la plaine de Saint-Crépin-en-Chaye. Des voies nombreuses rayonnèrent autour d'Augusta et des aqueducs y amenèrent, des montagnes voisines, toutes les eaux nécessaires à ses besoins. Une fabrique d'armes y avait même été établie et la 25e légion y prenait ses quartiers.

Aux Romains avilis et dégradés succéda Clovis le Sicambre qui choisit Soissons comme la capitale de son empire. C'est là, paraît-il, qu'il épousa la pieuse Clotilde, nièce du roi des Burgondes, et qu'on baptisa ses enfants. A son exemple, Clotaire, un de ses fils, y fit aussi sa résidence royale et y fonda l'abbaye de Saint-Médard.

Dans la suite, en perdant ses rois, Soissons retrouva à leur place des comtes puissants, des évêques éminents par leur sainteté et un clergé distingué qui, pendant tout le moyen-âge, en ont fait une ville à jamais illustre et pleine des plus grands souvenirs historiques. Toutefois l'état d'opulence et de splendeur auquel elle était parvenue commença à décroître avec le XVe siècle. Les siéges de 1414, 1567, 1814, 1815, 1870, furent des dates funestes pour cette malheureuse cité, qui vit tomber tour à tour ses plus beaux monuments, les fleurons de sa gloire.

Cependant, malgré ses malheurs et ses pertes irréparables, Soissons peut encore se consoler aujourd'hui. Il lui reste des édifices précieux et d'augustes débris qui attestent son importance d'autrefois.

Saint-Jean. — Elle peut montrer à l'étranger les belles flèches de l'ancienne abbaye de Saint-Jean-des-Vignes, qu'on vient de restaurer en réparant les brèches faites par les boulets prussiens, et qui se dressent là fièrement comme deux pyramides gracieuses offrant à elles seules un cours complet d'architecture ogivale du XIIIᵉ siècle au XVIᵉ; puis ses deux cloîtres, son réfectoire à colonnes, ses remparts, ses échauguettes, ses tourelles en encorbellement, spécimens curieux des fortifications monastiques.

*

La Croix. — Là en face, s'étendant sur le même mamelon, se trouvait l'ancien couvent des Capucins, transformé en une maison d'éducation dirigée par les sœurs de la Croix, qui y ont bâti une élégante chapelle, aussi bien endommagée lors du siége de Soissons en 1870. Cet établissement, quoique moins maltraité que l'Hôpital-Général, qui gît encore dans ses décombres, n'en a pas moins souffert à cette époque néfaste.

*

Séminaire. — Puis, en suivant la rue qui conduit à la Cathédrale, on a devant soi le Grand-Séminaire. On voit encore dans le jardin un profond encaissement pratiqué dans le flanc de la colline, accusant l'emplacement d'un ancien théâtre romain dont il est facile de reconnaître toutes les dispositions : de là on aperçoit, au nord-est, la tour Macé, qui faisait partie d'une enceinte de remparts au XIIᵉ siècle.

Cathédrale. — La Cathédrale est un vaste monument des XII° et XIII° siècles, avec des additions postérieures. C'est un édifice d'une beauté sévère et grandiose, offrant certains caractères originaux ; témoins le transept en rond-point du sud, la petite sacristie et la chapelle oblongue qui la surmonte. Ces constructions sont assurément d'une époque de transition, et la curieuse inscription placée dans le déambulatoire de l'abside, attestant que le chapitre est entré dans le chœur de la Cathédrale en 1212, vient confirmer la date que nous assignons à ces portions d'édifices. La Cathédrale contient, entre autres objets intéressants, des inscriptions funéraires, les statues en marbre des abbesses de Notre-Dame, un tableau de Rubens et un reliquaire représentant la physionomie de la cité au XVI° siècle.

Saint-Léger. — L'église abbatiale de Saint-Léger possède une magnifique abside, deux beaux transepts, une crypte intéressante, surtout dans la partie ancienne ; de plus, un débris de cloître, une salle capitulaire enclavés dans les vastes bâtiments qui abritent les élèves du Petit-Séminaire.

La Mairie. — Tout près de Saint-Léger s'élève l'ancienne Intendance, aujourd'hui l'Hôtel-de-Ville, qui comprend la Mairie, la Sous-Préfecture et plusieurs autres administrations, sans compter la Bibliothèque et le Musée, qui occupent plusieurs salles au premier. Le Musée renferme un certain nombre d'objets qui méritent d'être vus.

Abbaye Notre-Dame. — Au centre de la ville existait autrefois un établissement considérable, l'abbaye de Notre-Dame, fondée au VIIe siècle par saint Drausin, évêque de Soissons, aujourd'hui convertie en caserne militaire. Son église a disparu; il n'en reste plus que deux arcades, du style roman fleuri, encore sont-elles encastrées dans une habitation particulière, et une porte monumentale fortifiée située à l'est du monastère.

*
* *

Église Saint-Pierre. — La collégiale de Saint-Pierre en était très-rapprochée; il n'en subsiste plus que les nefs, qui seraient dignes d'un meilleur sort, occupées qu'elles sont par un magasin de vins.

*
* *

Hôtel-Dieu. — Quant à l'Hôtel-Dieu, il ne présente guère qu'un amas hybride de constructions de tous les genres, quoique assez commodes. Il n'y a guère qu'une grande salle voûtée, reposant sur une rangée de colonnes, qui soit remarquable. Il possède cependant quelques tableaux qui ne paraissent pas sans mérite.

*
* *

L'Arquebuse. — Outre ces édifices, on distingue encore quelques autres constructions publiques, telles sont le pavillon de l'Arquebuse, bâti en briques et pierres. La façade principale était percée de nombreuses fenêtres qu'on avait

ornées de verrières historiées représentant les Métamor-
phoses d'Ovide. Ces scènes curieuses sont aujourd'hui en
partie perdues pour l'art, excepté les débris qui en ont été
sauvés par un peintre soissonnais qui en a fait un ornement
gracieux pour sa maison, rue du Mont-Revers, cette rue
fameuse où le diable prenait la treizième personne qui y
passait.

*
* *

Le Collège. — Le Collège joignait anciennement à sa
porte, ornée de colonnes doriques, une belle chapelle
dédiée à saint Nicolas, construite en 1221. Il est fàcheux
que la ville n'ait pas racheté cet édifice, c'était un excellent
moyen d'en assurer la conservation.

En dehors de Soissons, on compte d'autres établisse-
lments qui ont laissé une certaine réputation ; Saint-Crépin-
e -Grand, situé dans le faubourg de Reims, transformé en
orphelinat ; Saint-Crépin-en-Chaye, sur le parcours du
Mail, une des plus agréables promenades que nous connais-
sions. Mais réservons notre temps pour Saint-Médard,
tout en saluant la nouvelle église Saint-Waast et son gracieux clocher, Saint-Médard en vaut la peine. Soit qu'on
l'envisage dans le passé, soit qu'on le considère dans le présent, il est digne de nos recherches et de notre admiration,
car, ainsi que l'a dit un poëte :

> Saint-Médard est toujours un pays de merveilles,
> Là tout parle aux yeux, sans parler aux oreilles.

§ II

SAINT-MÉDARD, SES SOUVENIRS, SES RUINES

Quand on passe quelques heures à Soissons, qu'on soit voyageur, historien ou touriste, il importe de faire une visite, disons mieux, un pèlerinage à Saint-Médard, si célèbre dans le passé et si intéressant dans le présent par son œuvre de bienfaisance et de philanthropie chrétienne.

Il existe peu d'établissements en France pour avoir joué un aussi grand rôle historique que l'ancienne abbaye de Saint-Médard, bien qu'on n'y trouve plus aujourd'hui, après les nombreux désastres qu'elle a subis, ni le somptueux monastère d'autrefois, ni son aspect menaçant et guerrier, ses ponts-levis, ses fortins pittoresques, ses hauts remparts percés de meurtrières, ses tours radiées de màchicoulis, ni ses palais royaux, ses nombreuses églises, dont les flèches pyramidales s'appuyaient sur des masses quadrangulaires. Les changements survenus sont si considérables qu'on reconnaît à peine à l'extérieur, dans les plis d'un terrain légèrement tourmenté, les vestiges de sa triple enceinte; puis quelques pans d'anciens murs auxquels se rattachent une porte d'entrée assez solennelle, quoique surmontée d'additions postérieures et d'un fronton portant des armoiries brisées, des débris de tours : voilà pour l'extérieur. Mais à l'intérieur on peut encore voir une belle crypte mérovingienne, contemporaine de la fondation du couvent, des cellules pénitentiaires, quelques travées d'une salle capitulaire, des aqueducs, des ruines, un immense corps de logis, des ateliers récemment édifiés, de magnifiques jardins

accompagnés de larges pièces d'eau, qui en font aujour-
d'hui un précieux domaine ; en sorte que l'ancien et le
moderne Saint-Médard fourniraient à eux seuls une des
pages les plus curieuses des annales soissonnaises. On en
pourra juger par ce que nous allons dire.

Cette abbaye fut fondée par Clotaire, roi de France, vers
556, ce prince ayant converti à cet effet le palais de
Crouy en un monastère dédié à la mémoire de saint
Médard , évêque de Noyon, dont il désirait se faire un
ami auprès de Dieu. Il voulut même y être inhumé dans une
crypte qui subsiste encore, car en mourant, le vieil empereur
avait enjoint à ses enfants de transporter sa cendre auprès
de celle du glorieux pontife Médard, à côté duquel il souhai-
tait reposer. Il recommandait en même temps à son fils Sigebert de poursuivre l'œuvre qu'il laissait inachevée. Ses vœux
furent accomplis , et dès 562 la basilique et le monastère
étaient terminés avec une magnificence toute royale. On y
appela, suivant le désir de Clotaire, des Enfants de Saint-
Benoît, dont l'Institut naissant jetait déjà un si vif éclat.
La dédicace de l'église se fit en présence de Sigebert et des
seigneurs d'Austrasie. Peu d'années après, ce prince infortuné venait à son tour chercher le repos à sa vie agitée, à
côté de son père, dans les caveaux funèbres de Saint-
Médard, qui prit dès lors une importance considérable et
qui alla en s'augmentant tous les jours.

752. — La célébrité de Saint-Médard ne fut pas moindre
sous les princes carlovingiens, qui y reçurent leur consé-
cration définitive à la couronne de France, car on prétend
que ce fut dans la basilique de ce couvent que Chilpéric fut
déposé, et Pépin, le fondateur de la nouvelle dynastie, sacré
par le légat saint Boniface. D'après quelques historiens, Car-
loman, son fils, proclamé roi à Compiègne, serait venu, en
768, prendre, sur le même autel, la couronne d'Austrasie et
de Germanie.

On dit que Charlemagne, qui affectionnait particulière-
ment cette maison, y amena en 804 le pape Léon III et
les seigneurs de sa cour. En 813, Leidrade, archevêque de

Lyon et son bibliothécaire, y faisait sa profession monastique, espérant sans doute puiser auprès du tombeau du saint confesseur, dont la réputation de sainteté était si grande, les consolations et les grâces que les pèlerins venaient y chercher de toutes les contrées de l'Europe. Frédégonde elle-même, frappée par le malheur, y avait fait porter son fils Clodebert en litière, et Grégoire de Tours y avait passé la nuit qui précéda sa justification au Concile de Braine.

824. — Cette dévotion s'accrut encore au IXe siècle, quand les corps de saint Sébastien et de saint Grégoire, à leur arrivée de Rome, y furent déposés près de la confession du glorieux pontife saint Médard, ce qui amena de nouveaux pèlerins et de nouvelles constructions dans le monastère, et parmi eux, Louis-le-Débonnaire, qui y vint en 827 accompagné de l'impératrice Judith. Tous deux laissèrent, à cette occasion, de riches présents au monastère, entre autres un riche évangéliaire, aujourd'hui à la Bibliothèque nationale, et un calice d'or au chiffre de son père.

830. — A quelques années de là un attentat inouï se consommait dans l'intérieur de ce couvent. Les enfants dénaturés de Louis-le-Débonnaire, outrageant la majesté royale et paternelle, faisaient dégrader ignominieusement leur père et le resserraient dans une étroite prison, vêtu d'un habit de pénitent. Plus tard Charles, son fils, assista en 877, avec ses leudes et soixante-deux prélats de son royaume, à la translation des reliques de la crypte, ou église souterraine, dans la basilique d'en haut, qu'on venait de reconstruire splendidement avec les offrandes du pèlerinage.

Durant cette seconde période de la monarchie, l'abbaye de Saint-Médard, déjà sans rivale dans la province, parvint à son apogée. De nombreux conciles, où l'on agitait les affaires les plus graves de l'État et de l'Église, s'y tinrent. Ce fut à la suite d'une de ces assemblées que le jeune roi d'Aquitaine, Pépin, fut dépouillé de la couronne et renfermé dans

ce monastère (862). Rothade lui-même, évêque de Soissons, excommunié et chassé de son siège, fut traîné dans
la geôle du couvent, où il resta deux ans en captivité.
Judith, fille de l'empereur et mariée au comte Baudoin,
frappée des foudres de l'anathème, y fut réconciliée lors du
couronnement d'Hermentrude, sa mère, et de Louis, son
frère, sacré roi d'Aquitaine. En 1121, Abailard fut aussi
confiné dans ce monastère et confié aux religieux, dont il parle
avec éloge. Les princes aimaient de leur côté à séjourner à
Saint-Médard, dans le palais qu'ils s'étaient réservé, surtout
à l'époque des grandes solennités, et leur présence contri-
buait singulièrement à la prospérité de l'abbaye, au point
que deux cent vingt villages, fermes et manoirs, relevaient
de sa suzeraineté et formaient presque autant de fiefs, sans
compter les seigneuries de Crouy et de Saint-Waast, sept
prieurés et autant de prévôtés, six abbayes et le couvent
royal de Choisy avec les sept cents familles de serfs ou de
colons qui lui appartenaient. Les souverains pontifes et les
évêques de la Gaule n'avaient pas été moins prodigues
de priviléges spirituels envers cet établissement, auquel
on avait accordé le droit d'asile pour s'assermenter et se
purger du crime de lèse-majesté.

Mais cette opulence dont jouissait l'abbaye devait avoir
aussi ses épreuves, et les secousses qui ébranlèrent la monarchie carlovingienne retentirent dans les cloîtres, jusque-
là si heureux, de Saint-Médard. En 887, un brigand nor-
mand du nom de Sigefrid, à la tête de ses hordes dévasta-
trices, avait déjà incendié les églises et détruit les palais.
En 889, pour arrêter ces ravages périodiques, Eudes, comte
de Paris, environna le couvent d'une enceinte flanquée de
tours et crénela jusqu'à la façade des églises. Plus tard, en
923, alors que la race de Charlemagne devenait impuis-
sante à défendre la couronne de ses pères, Raoul, proclamé
roi en Bourgogne, l'avait reprise à Saint-Médard.

Alors se levèrent des jours de douleur pour la vieille
abbaye. Elle vit, pendant les luttes de la féodalité, ses plus
beaux domaines envahis, ses possessions, ses revenus pillés,

délapidés, ses charges et ses bénéfices devenir le prix de la simonie. Cependant la présence du pape Innocent II, qui dédia en 1132 la grande basilique, que l'on venait de réédifier, sembla lui faire oublier ses malheurs. Le règne de saint Louis amena des jours encore plus prospères pour l'abbaye, si l'on en juge par les grandes constructions qu'on y exécuta alors (1206), et que l'abbé Milon mit à l'abri des insultes de la guerre en les environnant d'un nouveau rempart garni de tours et de fortins, *fortaricia*, tandis que les papes la protégeaient contre la cupidité des seigneurs par leurs bulles et leurs menaces d'excommunication. Néanmoins et nonobstant toutes ces précautions, d'affreuses catastrophes se préparaient dans le lointain à fondre sur la splendide abbaye.

1414. — En effet, dès le commencement du XVe siècle, le couvent de Saint-Médard, quoique *bien fossoyé* et *bien remparé,* fut emporté d'assaut par les Armagnacs et essuya de grands désastres, désastres qui se renouvelèrent avec plus d'intensité durant l'invasion des Anglais, dans les années 1418-1419 et pendant les sièges de 1436 et 1449. A ces fléaux de la guerre étrangère vinrent s'ajouter les ravages atmosphériques : la grêle, les pluies et les vents furieux, qui ruinèrent, en 1451, les campagnes et *gâtèrent* les bâtiments. En 1544, ce fut l'armée de Charles-Quint, qui, pénétrant à son tour dans le monastère, pilla le mobilier des religieux et les ornements de l'église. En 1567, lors de la prise de Soissons, les Calvinistes y commirent d'horribles et lamentables excès. Les croix d'argent, enrichies de pierreries, furent enlevées, les châsses brisées, les reliques profanées. Ce ne fut pas tout ; on vit les colonnes mutilées, les autels renversés, les tombes violées. On jeta dans les flammes les tableaux, les statues, les ornements, jusqu'aux boiseries. On incendia aussi la bibliothèque, qui comprenait des richesses inappréciables ; les bâtiments, les églises ne furent pas épargnés. Saint-Médard ne fut plus qu'un monceau de ruines.

1590. — Depuis près de deux siècles, tout conspirait

donc contre l'infortuné monastère, qui subit encore de
nouvelles pertes au temps de la Ligue. On dit même que le
duc de Mayenne songeait à sa destruction totale et qu'un
commencement d'exécution avait lieu, lorsqu'on s'arrêta
devant les protestations énergiques des habitants de Soissons et du prieur de l'abbaye. Mais ce ne fut qu'un ajour-
nement ; la grande église, déjà endommagée par la mine,
puis ébranlée par les batteries du siége de 1617, s'écroula
en 1621.

1637. — A la suite de ces terribles assauts, Saint-
Médard, si souvent dépouillé et saccagé, ne portait plus
que les traces de l'abandon et du désordre, quand la ré-
forme de Saint-Maur vint s'installer dans cette grande
ruine et parvint, non sans peine, à lui rendre quelque éclat.
Mais de nouvelles épreuves allaient bientôt compromettre
cet espoir de résurrection et éteindre ce dernier reflet d'une
splendeur mourante. Les éléments se mirent de la partie ;
la foudre, les vents impétueux de 1645, 1667, 1676 furent
des plus funestes à cet établissement et lui présagèrent
d'autres tempêtes plus terribles, celles de la grande Révolu-
tion. Avec 93, rien ne devait rester debout. Devant la pros-
cription brutale de ces journées néfastes, rien ne pouvait
trouver grâce ; aussi le marteau des démolisseurs vint-il
s'établir aussitôt à Saint-Médard et commença son œuvre
de destruction en s'attaquant à ses monuments les plus
inoffensifs. Heureusement que le vandalisme ignare et stu-
pide de cette époque de vertige ne put accomplir tous ses pro-
jets de ruine. Grâce à cette incapacité, Saint-Médard montre
encore aujourd'hui, avec une certaine fierté, quelques
monuments qui rappellent son glorieux passé. Une vieille
crypte mérovingienne, des cellules pénitentiaires, une
partie de salle capitulaire, des aqueducs souterrains, des
portions de remparts, quelques trouvailles faites dans des
fouilles récentes : tels sont les rares, mais précieux débris que
possède encore Saint-Médard à l'heure présente.

Crypte de Saint-Médard.—Cette crypte est assurément une des plus complètes et des plus curieuses qui existent en France, aussi bien par son antiquité que par sa disposition originale. Bâtie vers 560, elle a tous les caractères de l'architecture de cette époque. « Ce grand caveau est si simple, si régulier, dit M. Vitet, les murs sont tellement à angles droits, sans un filet, sans une moulure, qu'on y trouve beaucoup d'analogie, sinon avec les constructions romaines, du moins avec celles qu'on peut supposer avoir été en usage dans les premiers siècles de la conquête. »

Cette crypte présente en effet un plan de sept absides se terminant carrément et accompagnées de trois nefs principales uniformément prolongées, coupées par une galerie transversale de 20 mètres de long sur 2 mètres 50 de large, s'étendant parallèlement à droite et à gauche des absides pour aboutir à deux chapelles fermées. Ce couloir divise la crypte en deux parties, tout en fournissant une entrée aux chapelles absidales, et les trois nefs, avec leurs compartiments réguliers, offrent l'image d'une triple croix à branches égales, ce qui n'empêchait pas les absides de former des oratoires distincts et séparés par d'énormes murs de refend, sur lesquels viennent se reposer des voûtes massives en berceau ; des arêtes à peine accusées se croisent dans la galerie, mais sans autre motif d'ornementation qu'une saillie peu prononcée.

C'est dans la chapelle centrale que se trouvait le tombeau de saint Médard, et près de lui ceux de Clotaire et de Sigebert, remplacés au XIII⁰ siècle par deux pierres tumulaires sur lesquelles on avait gravé en creux l'effigie des deux rois francs entourée d'une inscription latine. A l'extrémité de ces tombeaux étaient placées les statues en pied de ces monarques, logées dans des niches façonnées à la même époque. La reine Ogive, la mère de Louis d'Outre-Mer, y avait aussi sa sépulture. Dans plusieurs de ces chapelles on avait pratiqué des espèces de niches cintrées, à fond plat, probablement pour servir de stalles ou de sièges aux religieux qui venaient y prier. On rencontre aussi en quelques endroits, sur la paroi des murs, des traces de peintures polychrômes qui paraissent remonter au XIIIe siècle.

.

Prison de Louis-le-Débonnaire. — Les deux cellules voûtées en ogive, établies sous le fond d'un bastion carré, qu'une ancienne tradition désigne comme ayant servi de prison au fils de Charlemagne, et où se lit le quatrain suivant :

> Hélas! je suis bien prins
> De douleur que je dure ;
> Morrir mieulx conviendrait
> Qu'ignorer mes destins,

n'offrent rien qui justifie cette destination. Il n'est guère possible, en effet, d'admettre, tout en acceptant le récit des vieux chroniqueurs, qui parlent d'une étroite prison, *arcta custodia,* de regarder ce sombre cachot comme ayant servi de prison à ce malheureux prince. Aucune condition du texte ne s'y trouve expliquée, et l'inscription qu'on y voit au-dessus d'un *water-closet* date à peine de la fin du XVe siècle et ne peut, par conséquent, appartenir à Louis-le-Débonnaire, qui parlait la langue tudesque. C'est tout simplement un cachot ou prison du couvent.

.

Les souterrains. — Les souterrains de Saint-Médard, dont on a fait tant de bruit dans le passé, ne sont que des aqueducs voûtés en pleins cintres ou en ogives et dallés, formant un large égout collecteur, auquel aboutissaient différents conduits servant de décharge pour les eaux ménagères et autres immondices du couvent. Ces résidus, entraînés par le courant rapide d'un petit ruisseau venant de Crouy, se rendaient de là dans les fossés du rempart. Des grilles en fer défendaient de distance en distance ces passages souterrains, qu'on nettoyait de temps à autre, comme nous en avons acquis la certitude par des légendes que nous avons trouvées gravées sur les murs. Toutefois leur direction, qui allait du nord au midi, pourrait aider à déterminer l'emplacement de certaines habitations et des services qui y étaient attachés.

* *

Cellier. — Près de ces égouts, et s'y rattachant par un passage à équerre, se voient quelques arcades voûtées en ogives ayant dû servir de caves ; puis une grande pièce, aussi voûtée, soutenue par une colonne centrale surmontée d'un chapiteau conique orné d'un simple tore ou bague. Le fût cylindrique est engagé dans le sol d'environ un mètre de profondeur. Des nervures anguleuses et saillantes se croisent en plein cintre, en s'appuyant aux extrémités sur de simples ressauts en culs-de-lampe fixés le long des murs. Cette salle, aujourd'hui incomplète, est probablement un débris du grand cellier qui existait en cet endroit et comprenait jadis toute l'étendue de la basse-cour actuelle. On aperçoit encore au-dessus, sur la paroi d'une grande muraille, une longue suite d'arcatures ogivales dont les colonnettes appliquées ont été mutilées, et qui servait, dit-on, de dortoir pour les novices.

Salle capitulaire. — Au-delà du cellier dont il vient
d'être question existe une autre salle, aussi incomplète, et
qui lui est contiguë. Cette pièce, en contre-bas du sol
actuel de la cour, a dû se prolonger au nord vers le cloître
et au midi vers les jardins. Réduite comme elle l'a été, par
suite d'un alignement moderne, elle n'offre plus qu'une
superficie de 10 à 11 mètres carrés. Trois colonnes plan-
tées à l'intérieur et six culs-de-lampe appliqués aux parois
des murs latéraux supportent la retombée des voûtes. Des
crosses boutonnées, des feuilles grasses, des masques dévo-
rant des pampres qui les enroulent, des expansions végé-
tales, des feuilles de lierre ou de vigne en tapissent les
chapiteaux.

*
* *

Autres objets. — On peut voir aussi çà et là d'anciennes
portions de remparts encore debout, des tours isolées, et
les résultats des découvertes faites à différents temps, des
tombeaux, des débris de statues, de sculptures, capables de
former aujourd'hui un musée intéressant et tout local, sans
parler d'une foule d'autres choses curieuses, telles que
le calvaire érigé sur la plate-forme d'un bastion en mémoire
de Monseigneur de Simony et la chapelle dédiée à Notre-
Dame de la Salette, établie dans l'ancienne tour dite d'A-
beilard. Maintenant que nous connaissons le vieux Saint-Médard, disons un mot du moderne Saint-Médard ; parlons donc
de l'Institution des Sourds-Muets et des Aveugles qu'on a
fondée au milieu de ses ruines et de ses vastes bâtiments.

§ III

INSTITUTION DES SOURDS-MUETS & DES JEUNES AVEUGLES

L'abbaye de Saint-Médard, à la suite de la vente nationale qui en avait été faite, était passée entre les mains
d'acquéreurs insolvables et de vandales qui s'étaient achar-
nés à sa démolition. La pioche de ces niveleurs aurait
certainement eu raison de tous ses antiques souvenirs, s'ils
n'avaient été sauvés, quoique un peu tard, par un Soissonnais jaloux de conserver à son pays ces restes de la puis-
sance monastique. Honneur à cet homme de bien d'avoir
surtout préservé d'une destruction complète un des plus
anciens monuments qui couvre la terre soissonnaise!

1840.—Des mains de M. Geslin, qui en fut longtemps pro-
priétaire et qui avait assuré l'existence de la crypte en l'abri-
tant sous un vaste bâtiment et une épaisse terrasse, une
partie de ce grand domaine, la plus importante par ses édifices, était passée entre celles de M. l'abbé Dupont, qui
l'achetait au prix de 40,000 francs, dans le but d'y transporter une petite colonie de sourds-muets qu'il avait chari·
tablement recueillis dans son presbytère de Saint-Germain,
village situé en face de Saint-Médard. Les vues élevées et
philanthropiques de ce digne ecclésiastique causèrent une
grande joie dans tout le Soissonnais ; chacun voulut avoir
part à une œuvre d'avenir où la noblesse des sentiments
s'alliait si bien à la générosité du caractère. On ne pouvait,
en effet, qu'applaudir aux motifs qui avaient engagé le
nouveau fondateur à se consacrer à l'éducation des sourds-
muets : « Rendre à la société, appeler au bonheur de la
famille, former à la connaissance de Dieu et des devoirs

sacrés qu'imposent la religion et la morale des infortunés que le malheur de leur naissance ou quelque accident avait privés de ces précieux avantages. Quelle belle mission ! »

Bientôt cette œuvre de bienfaisance sociale, adoptée en principe par tous les amis de l'humanité, soutenue par les aumônes de la charité publique, encouragée par les vœux et les secours des administrations départementales, se trouva puissamment recommandée. Cet établissement ne datait que d'un jour que déjà on ne tarissait pas d'éloges sur sa création et qu'il était pour les étrangers un objet d'admiration. Au fond, pouvait-on voir avec indifférence les prodiges surprenants qu'opère l'instruction sur les sourds-muets ? Et pouvait-on parler sans exaltation de la sublime mission de ce successeur du vénérable abbé de l'Épée ? Aussi, en présence de l'approbation générale donnée à son projet, des résultats merveilleux qu'il annonçait, la charité du fondateur ne connut plus de bornes. Les portes de Saint-Médard furent toutes grandes ouvertes aux infortunés sourds-muets ; le refus devenait pour ainsi dire impossible à cette nature généreuse. Bien plus, l'abbé Dupont allait au-devant de ces pauvres malheureux, jaloux d'en remplir sa maison, et cela sans se mettre en peine de savoir avec quoi il pourrait les nourrir et les vêtir, tant il lui semblait que la charité chrétienne ne pouvait laisser dans cet état d'infériorité humaine ces créatures de Dieu, ces déshérités de la famille et de la société ! Il lui semblait que la Providence, en les traitant avec une si cruelle sévérité, avait voulu réserver à sa sollicitude la gloire et le bonheur d'effacer une des taches qu'elle s'était plu à laisser sur son œuvre divine.

L'abbé Dupont ne s'était pas trompé. A son premier appel à Soissons, plusieurs milliers de francs étaient tombés entre ses mains et lui avaient permis de donner un à-compte de 10,000 francs sur son acquisition. Mais la charité, sans se lasser, se montra cependant insuffisante à supporter les charges toujours croissantes d'une fondation aussi onéreuse par les dépenses journalières qu'elle occa-

sionnait , et malgré le zèle et l'ardeur que déployait le créa-
teur de cette belle entreprise, il eut la douleur de voir ses
charges s'augmenter de jour en jour. Il faut dire cependant
à sa louange que plus les circonstances devenaient critiques,
plus son courage s'affirmait en marchant de l'avant. Lettres,
correspondances, voyages, démarches pénibles, demandes
sous toutes les formes, rien ne lui coûtait.

Mais, malgré ces efforts et cette infatigable persévérance,
les difficultés ne firent que s'accroître, la gêne et le malaise
finirent par pénétrer dans l'établissement. Aux difficultés
toujours pénibles d'une première organisation, où il avait fallu
des installations diverses, se joignirent celles encore plus
pressantes d'un entretien journalier, de la nourriture quoti-
dienne, du paiement d'un personnel nombreux. Quelle qu'ait
été l'économie de la dépense, elle ne pouvait se couvrir
avec la recette, qui lui était inférieure de plus de moitié.
Le courageux directeur était donc aux prises avec les
embarras les plus sérieux et les plus répétés, et, quoique
toujours confiant dans son œuvre, il ne voyait pas sans
inquiétude sa santé chanceler et ses forces diminuer chaque
jour. A la fin, miné par une fièvre lente et des soucis de
toutes sortes, qui devaient bientôt le conduire au tombeau,
il s'adressa, avant de mourir, au saint évêque qui avait béni
son œuvre, en le priant de vouloir bien en accepter l'oné-
reux héritage ; puis le bon abbé Dupont, l'ami généreux,
le père des pauvres sourds-muets, payait par un trépas pré-
maturé le tribut à la nature, et sa cendre, selon son désir,
reposait dans une des chapelles de cette fameuse crypte de
Saint-Médard, au milieu de sa famille adoptive.

Dès lors Mgr de Simony, d'heureuse et sainte mémoire,
chercha parmi le clergé de son diocèse un successeur à
l'abbé Dupont. Le choix du prélat tomba sur un jeune
ecclésiastique, l'abbé Poquet, qui fut chargé, sous le haut
patronage de son évêque, de continuer cette œuvre diffi-
cile, car outre l'instruction à donner à ces pauvres enfants,
déjà nombreux, et l'administration d'un important établissement, le nouveau directeur se trouvait en présence d'une

situation grevée d'un arriéré considérable (plus de 80,000 francs), avec la prévision d'un déficit annuel de 12,000 francs, puisque les recettes de la maison n'étant que d'environ 10,000 francs et les dépenses de 22,000, la différence devait se solder par un passif quelque peu effrayant.

Cependant, grâce à la générosité de Mgr de Simony, aux appels qu'il fit à ses diocésains, et surtout grâce à l'énergie et au dévouement du nouveau directeur, qui ne se contenta pas de visiter les établissements de France et de la Belgique pour y étudier les meilleures méthodes d'instruction dans le but de mettre sa maison sur un bon pied, mais qui se mit à parcourir les principales villes du département pour y recueillir des aumônes en faveur de son œuvre, Saint-Médard fut sauvé. Ce fut, en effet, à l'aide de ses prédications et de ses quêtes dans les villes de Saint-Quentin, de Vervins, de Château-Thierry, de Braine, de Vailly, de Charly, de Chézy-l'Abbaye, de Condé-en-Brie, de Marle, de Villers-Cotterêts, de Vic-sur-Aisne, de Coucy-le-Château, de Montdidier, d'Anizy-le-Château et d'une foule d'autres localités, et aussi par des loteries annuelles, qu'il parvint à amortir les 80,000 francs qui restaient à payer à la mort de M. Dupont, et cela sans créer ni faire aucune dette pour les autres besoins de la maison dans le cours de l'année, bien qu'elle ait reçu divers embellissements et que le vestiaire fût beaucoup augmenté.

Toutefois ce ne furent pas là les seuls éléments de succès pour l'établissement, qui doit surtout sa consolidation et son affermissement aux nombreuses bourses (plus de quatre-vingts) que M. l'abbé Poquet est parvenu à obtenir, par ses démarches et ses sollicitations sans cesse renouvelées auprès des Conseils généraux des départements de l'Aisne, de l'Oise, de la Somme, de la Marne, de Seine-et-Marne et de Seine-et-Oise. Aussi, lorsque le jeune directeur quittait Saint-Médard, au bout de dix ans de sacrifices et de dévoûment, la maison qu'il avait prise obérée d'un passif énorme, avec une existence précaire et sans assurance d'un lendemain, il avait la joie bien douce de la remettre indemne

entre les mains de son évêque, c'est-à-dire sans aucune
dette même courante, car non content d'avoir contribué
efficacement à éteindre l'arriéré considérable dont nous
avons parlé, il s'était appliqué avec un zèle qui ne s'est
pas démenti à combler le déficit annuel qui menaçait l'établissement, et tout cela à l'aide de ressources dues à une
activité industrieuse, à une direction économique imprimée
à tout l'ensemble de l'administration qui lui était confiée.
Aussi son évêque, en lui donnant une autre destination, lui
rappelait-il que Saint-Médard étant fondé, sa mission
était terminée. Il ne lui restait plus, lui évêque, qu'à en
assurer la durée en y appelant des corps religieux, qui, eux,
ne meurent pas. Le directeur de Saint-Médard ne pouvait
avoir un plus digne successeur que son évêque et les deux
communautés religieuses appelées alors à le remplacer.

Depuis, l'établissement, conduit avec sagesse et dévouement, continue à prospérer et à rendre à la société les services les plus signalés.

Visiteur, qui que vous soyez, il vous reste à vous rendre
compte de ces sourds-muets dont nous venons de vous
parler, à examiner l'instruction qu'on leur donne, à l'aide
des signes, du dessin, de la labiélogie ou langage des lèvres
et de l'articulation, qui sera toujours le moyen le plus lent
et le plus pénible pour l'instituteur, mais le plus avantageux
pour l'élève, celui qui seul remet complétement le sourd-
muet en communication avec ses semblables. Il vous sera
facile de juger de leur degré de connaissances intellectuelles
et morales en leur posant des questions auxquelles ils
s'empresseront de répondre sous vos yeux.

Il sera bon de visiter ensuite les ateliers de travail et de
confection, car il y a là de nombreux corps d'état, des
professions diverses, tels que menuisiers-ébénistes, tour-
neurs, cordonniers, tailleurs, relieurs, jardiniers ; —
du côté des filles : vous trouverez des couturières, des
lingères, des ravaudeuses, des brodeuses, des confection-
neuses d'ornements d'églises. Il y a même des musiciens et
des musiciennes parmi les jeunes aveugles, qui y reçoivent

aussi une instruction et un état conformes à leurs goûts et aux exigences de leur position dans le monde.

Parmi ces pauvres sourds-muets, il n'est pas rare d'en trouver quelques-uns qui, leur éducation finie, demandent à rester le plus longtemps possible dans une maison qui est devenue comme leur maison maternelle par le bienfait qu'ils ont reçu et par la reconnaissance qu'ils lui doivent. C'est qu'aussi bien ces infortunés retrouvent là une société, une famille, un peuple qui les comprend et qu'ils comprennent. Saint-Médard est donc pour eux comme un sol natal qu'on n'oublie jamais et vers lequel on se sent toujours attiré, comme dit le poëte Ovide :

Nescio qua natale solum dulcedine cunctos
Allicit et immemores non sinit esse sui.

Reims. — Imprimerie MATOT-BRAINE, rue du Cadran-Saint-Pierre, 6.

275

www.ingramcontent.com/pod-product-compliance
Lightning Source LLC
Chambersburg PA
CBHW061620180626
46818CB00005B/2162